Título original: *Where will I live?*
Copyright del texto: © Rosemary McCarney, 2017
Publicado con el acuerdo de Second Story Press,
Toronto, Ontario, Canadá.

Todos los derechos reservados.

© de la traducción española:
EDITORIAL JUVENTUD, S. A., 2017
Provença, 101 - 08029 Barcelona
info@editorialjuventud.es
www.editorialjuventud.es

Traducción: Susana Tornero

Primera edición, 2017

ISBN 978-84-261- 4438-6

DL B 9547-2017
Núm. de edición de E. J.: 13.464
Impreso por Arts Gràfiques Grinver, Av. de la Generalitat, 39,
Sant Joan Despí (Barcelona)
Printed in Spain

Créditos fotográficos

Las fotos han sido generosamente proporcionadas por el Alto Comisionado de las Naciones Unidas para los Refugiados (ACNUR), procedentes de su rica y vasta biblioteca de imágenes que representan su trabajo en defensa de los refugiados de todo el mundo.

confío en que alguien me sonría y me diga: «Bienvenida a casa».
Y espero que ese «alguien» seas tú.

Después de un viaje tan largo, y de tanto esperar,

Jordania

Tengo tantas preguntas. Tantas esperanzas.

Líbano

¿Mi cama será solo para mí?
¿O también tendré que compartirla?

¿Podré dormir en el mismo sitio todas las noches?

o muchos amigos?

Camerún

Allí donde viviré ¿encontraré algún amigo especial...

¿O frío y lleno de nieve?

El lugar donde viviré, ¿será caluroso y seco?

o en una ciudad de tiendas de campaña...?

¿En una tienda de campaña...

Líbano

o debajo de una escalera...?

Sudán del Sur

¿Viviré debajo de una alfombra...

¿O al otro lado del mar...?

Eslovenia

¿Al otro lado de esta valla...?

¿Detrás de esta colina...?

Pero entonces yo... ¿dónde viviré?
¿Será al final de esta carretera...?

Hungría

o corren, con la esperanza de encontrar un lugar tranquilo.

o caminan...,

Y suben a un camión...

Ruanda

las familias tienen que recoger sus cosas
y buscar un lugar seguro para vivir.

Hungría

Cuando hay soldados luchando, o se acerca algún peligro,

Croacia

A veces a la gente buena le ocurren cosas terribles.

¿Dónde viviré?

Rosemary McCarney

Editorial EJ Juventud
Provença, 101 – 08029 Barcelona